AF186096

1
Maria's Judgement

Art: Junto Kamejima | Story: Kazuki

1

Inhalt

#1

Maria's Judgement

@kamikumitu
Nozomu war au

Maria's Judgement

Art: **Junto Kamejima** | Story: **Kazuki**

1

#1 Ist es Liebe oder Hochmut?

Maria's Judgement

11.11......

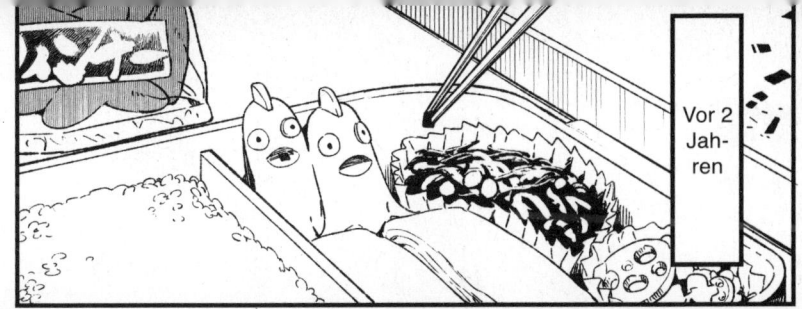

Vor 2 Jah-ren

BADUMM

BADUMM

BADUMM

BADUMM

Mari Nagare (damals 35)

BADUMM

BADUMM

ZWIPP

Ah ... Das Algenblatt.

Sorry, ich wollte dich nicht erschrecken!

HYAH

RATAMM

ZUCK

Morgen, Mum!

Du musst es so früh am Morgen auch echt nicht übertreiben.

Kiritaka Nagare (damals 2. Mittelstufe)

Du machst dir zu viele Sorgen!

HASP

HASP

Aber wirst du mit einer lieblosen Lunchbox nicht ausgelacht?

Und auf den Geschmack kommt es an.

Kiri ...

Außerdem schmeckt dein Essen immer noch am besten.

Saint-Spring-Oberschule
Saint-Spring-Mittelschule

FWO

MM

Nice, Volltref-fer!

Agh!

Ich hab gewonnen.

Tsuyoshi Kinugawa
(damals 2. Mittelstufe)

Kumiru Shikimi
(damals 2. Mittelstufe)

Mutta Ajiki
(damals 2. Mittelstufe)

Tsubasa Kowase
(damals 2. Mittelstufe)

Ugh...
Uh...

TRIEF

FWOMM

Weißt du, wie teuer meine Schuhe waren?!

Wisch deine Pisse auf, Alter!

-WOCK

WACK

KNIPS

Ja.

Wie üblich rastet Tsuyoshi am schnellsten aus.

Hab ich nicht ge-sagt, sein Gesicht ist tabu?

No... Nozomu!

PATT
PATT

Hab ich's gesagt, oder nicht?

Hör mal ...

Was du nicht sagst.

Ich war so wütend ...

Sorry.

Noch so 'ne Akti-on und wir sind keine Freunde mehr, ka-piert?

Nozomu Okaya (damals 2. Mittelstufe)

Kommt nicht wieder vor ...

Hey, wisst ihr was?

RATT

RATT

Aber Nagare könnte dir doch nie gefährlich werden.

Warum machst du ihn so fertig?

Hm ...

Gut, dass wir auf eine Gesamtschule gehen!

Und das für die nächsten fünf Jahre!

Nagare frisst dir bald aus der Hand, Nozomu.

Hört
auf!

HUST HUST

Halt
dich
da
raus!

HUST

Fuck,
der hat
unser
Spiel rui-
niert ...

HUST

Weil mir nicht gefällt, wie er mich anschaut.

Ich bin zu-rüüüück!

PA

MM

Kiri!

Alles Gute zum Geburtstag!

14

12月5日
HappyBirthday

Schatz, du bist ja verletzt?

Bin nur hingefallen!

WUMM

Keine Widerrede!

O... Okay!

PATSCH

Ist halb so wild.

Nicht, dass sich das entzündet! Setz dich, ich hol was!

Echt? Warum?

Deine Mutter wollte früher mal Schulkrankenschwester werden, wusstest du das?

Als Waise hatte ich keine Familie, um mich zu beschützen.

Ich wurde während meiner Schulzeit oft gemobbt.

Nur die Krankenschwester war für mich da.

Ich konnte immer zu ihr gehen.

Wieso hast du damit aufgehört?

War das nicht dein Traum?

Deswegen hab ich eine Ausbildung zur Krankenschwester gemacht.

Ja, schon. Aber irgendwas stimmt da nicht.

Er ist irgendwie viel zu brav ...

Mari.

Hat nicht jeder Mittelschüler irgendwelche Geheimnisse?

Bist du mal wieder zu überfürsorglich?

Inspektor Nagare, das Ziel hat sich bewegt.

Taiichiro Nagare (damals 39)

Das meine ich nicht ...

Was? Warte ...

Ich muss auflegen.

Sie würde direkt zur Schule marschieren, wenn sie was mitkriegt.

Mama ist so nett.

PLING

Video von Tsubasa erhalten

Im echten Leben kann man Dämonen nicht besiegen ...

衛 HP100
衛 HP80
衛 HP70

Dämon hat 180 Schaden genommen!

Das würde alles noch schlimmer machen ...

He!

Süß!

Mama ...?!

Tsubasa

Komm zur Aussichtsplattform!

00:14

Das ist nicht ihre Stimme ... ist das ein Fake?!

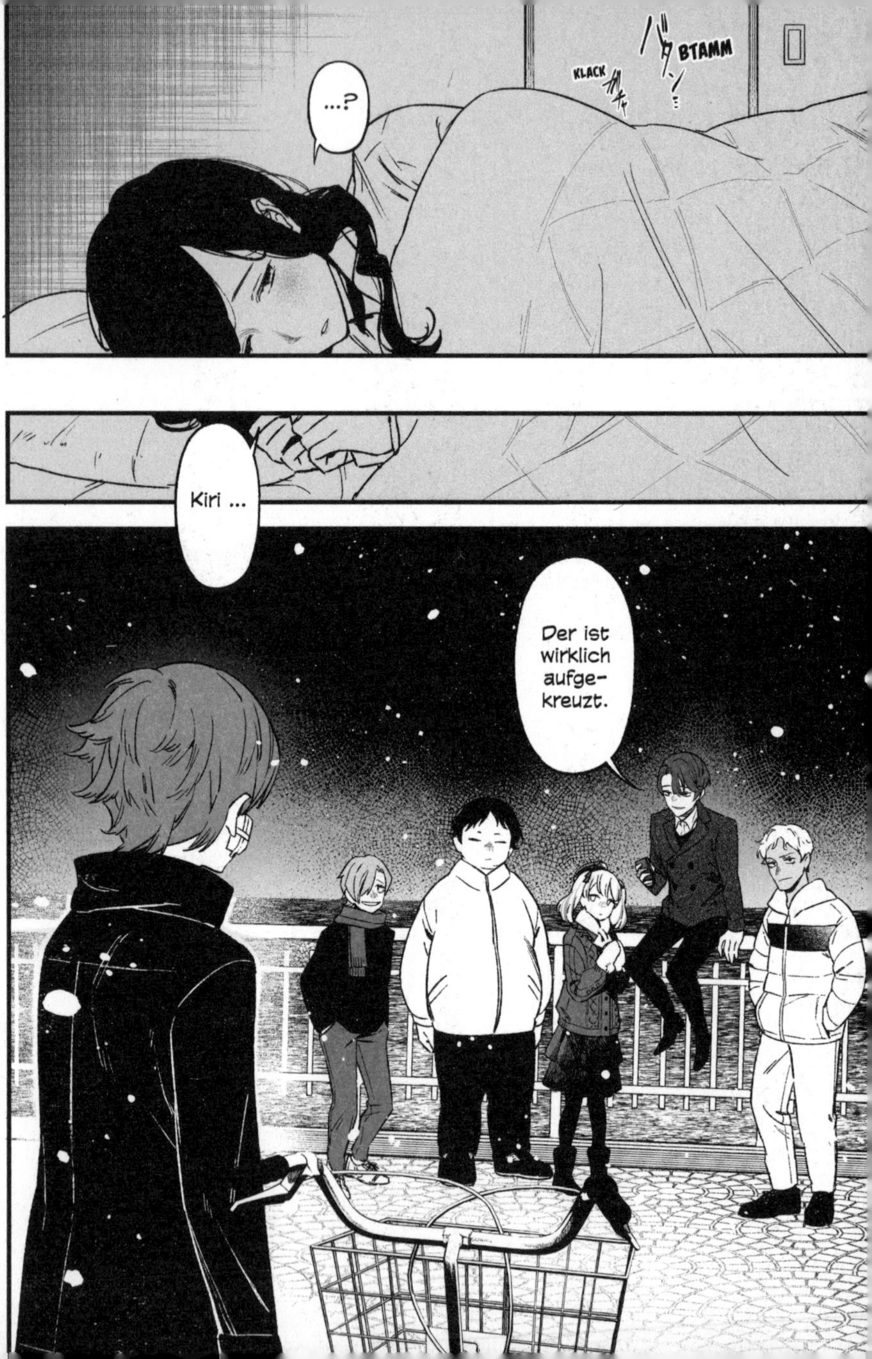
BTAMM
KLACK
...?
Kiri ...
Der ist wirklich aufge-kreuzt.

Ihr stinkt doch beide nach Fisch.

Ich bin tausendmal besser als so 'ne ausgeleierte Schlampe!

Ziemlich durchschnittlich, aber fickbar.

Die würde ich sofort ficken, so schüchtern wie die ist.

Hab deine Mum mal in der Schule gesehen.

Haltet euer Maul!

Hey.

Ha ha ha!

...

Hahaha!

Glotz
mich nicht
immer so
an.

....!

Wann
...

... ka-
pierst du
endlich,
wo dein
Platz
ist?

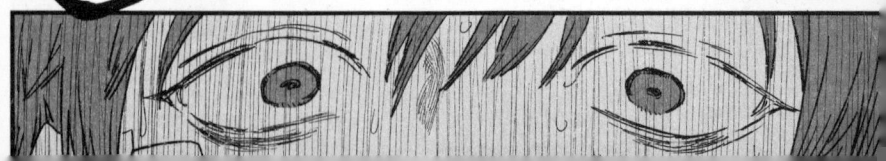

Gut.
Schon
besser.

KRACK

Also.

Willst du
das Video
selbst
hochla-
den?

N...
Nein
...

Tz.

Was ...?

Spring von der Klippe hier, dann lösche ich es.

Das ... überlebe ich nicht ...

Quatsch. Du brichst dir nur ein paar Knochen.

FSCHHHHH

Mari
ピコッ
BLINK
Kiri
ピコッ
BLINK
Was macht er mitten im Winter hier oben auf dem Berg?

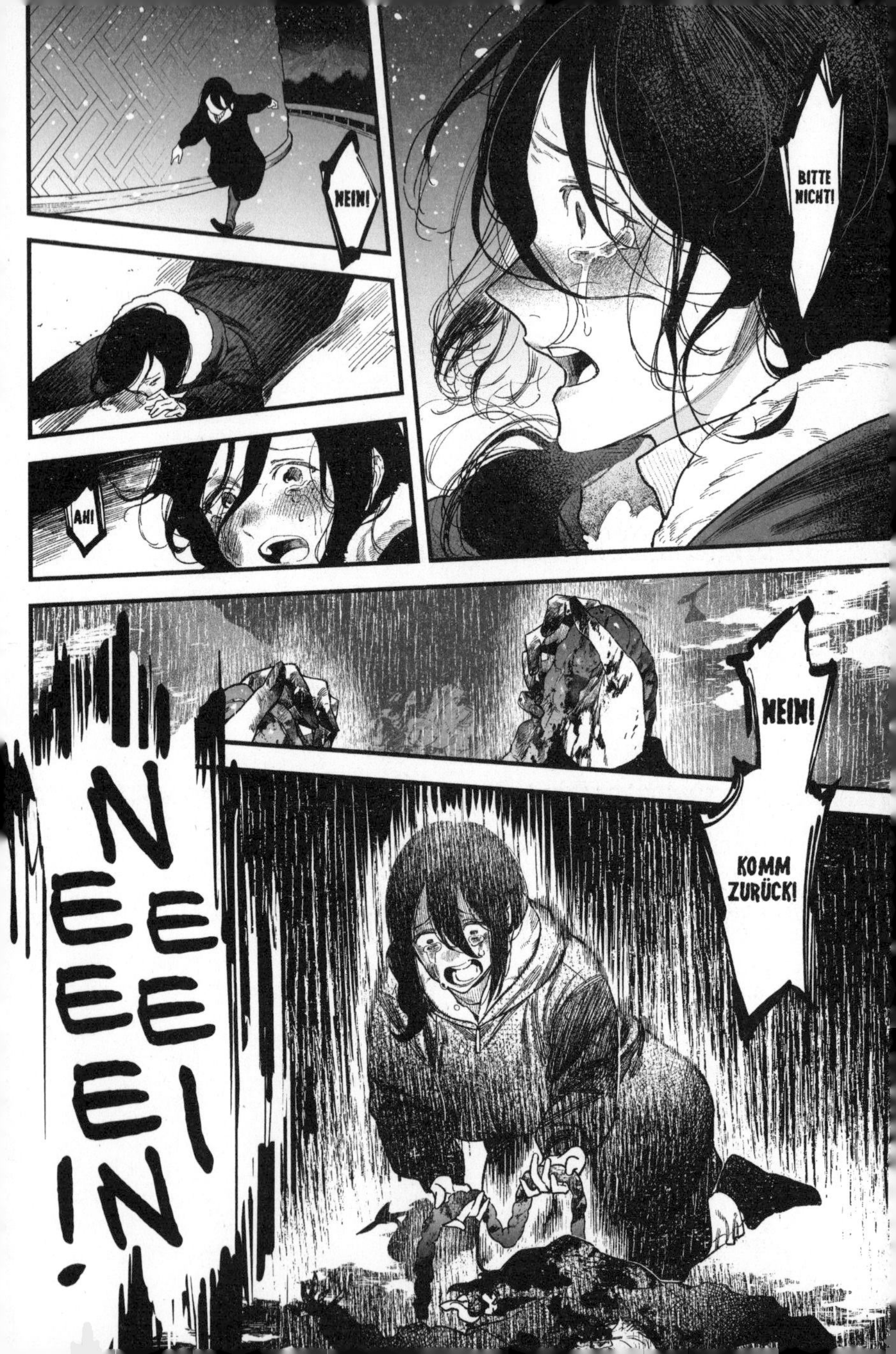
BITTE NICHT!
NEIN!
AH!
NEIN!
KOMM ZURÜCK!
NEEEEEEIN!

Fuck! Wegen so einem will ich nicht in den Knast!

Verdammt, der ist echt krepiert! Was jetzt?!

Wir müssen schleunigst hier weg!

Los, Nozomu!

Nozomu ...?

KRCK

Hach ...
Ich hab ihn
mit dem Sieg
davonkommen
lassen ...

Mari.

Es war
Selbst-
mo...

Nein!

Man
hat seine
Schuhe
und einen
Brief ge-
funden.

...

Wir haben ihm umgebracht.

Tut mir leid, dass ich ihn nicht beschützen konnte.

BTAMM

Warum hab ich es nicht früher bemerkt?

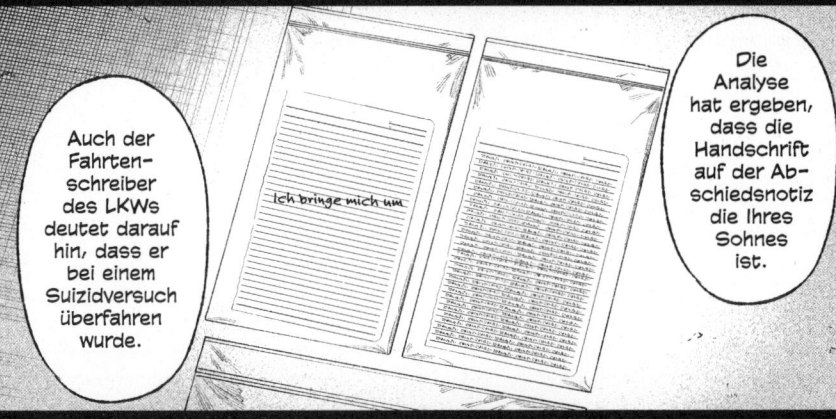

Auch der Fahrtenschreiber des LKWs deutet darauf hin, dass er bei einem Suizidversuch überfahren wurde.

Ich bringe mich um

Die Analyse hat ergeben, dass die Handschrift auf der Abschiedsnotiz die Ihres Sohnes ist.

Hab ich ihn trotz meiner Liebe irgendwie verletzt?

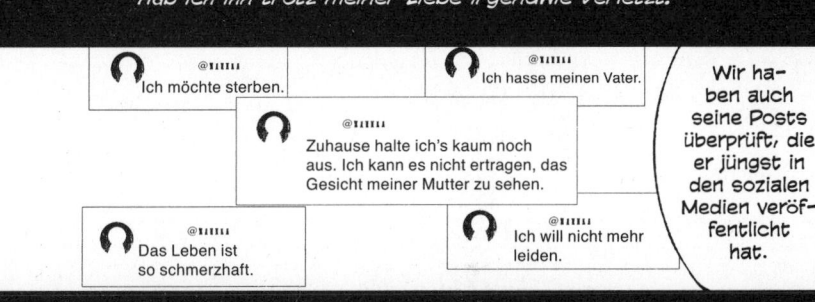

@▮▮▮▮▮
Ich möchte sterben.

@▮▮▮▮▮
Ich hasse meinen Vater.

@▮▮▮▮▮
Zuhause halte ich's kaum noch aus. Ich kann es nicht ertragen, das Gesicht meiner Mutter zu sehen.

@▮▮▮▮▮
Das Leben ist so schmerzhaft.

@▮▮▮▮▮
Ich will nicht mehr leiden.

Wir haben auch seine Posts überprüft, die er jüngst in den sozialen Medien veröffentlicht hat.

Wenn ein Kind mit seinen Sorgen nicht zu seinen Eltern kann ...

... aber im Netz ist von Kindesmisshandlung die Rede.

Ich sag's nur ungern ...

... sind die Eltern dann nicht ...

RUMMS

Ist das
... Kiris
Tagebuch
...?

10. Juni

diary

Oh
...?

FLAPP

5. Juni

Wurde schon

wieder von denen vermöbelt.

Was
...?

3. November

Sie haben mein

Mäppchen im

Blumenbeet vergraben.

Was
... ist
das
...

20. Juli

Sie haben meine Badehose

ausgezogen und mich in

den Pool geworfen.

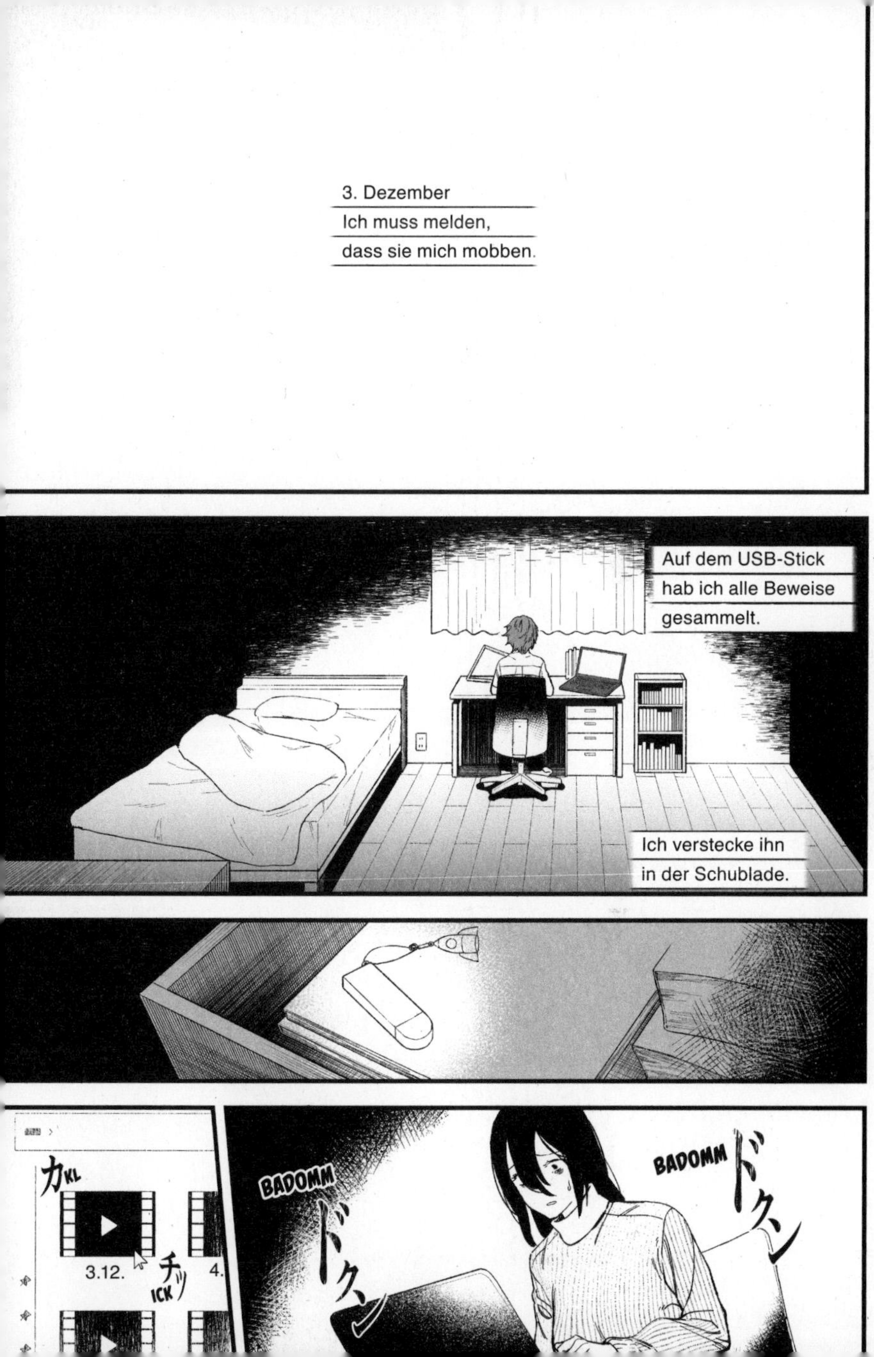

3. Dezember

Ich muss melden,

dass sie mich mobben.

Auf dem USB-Stick
hab ich alle Beweise
gesammelt.

Ich verstecke ihn
in der Schublade.

BADOMM

BADOMM

3.12. 4.

カ KL

チッ ICK

Aber ich hab doch 50 Mal geschrieben, dass es mir leidtut!

Tu dem Kaninchen nicht weh!

Schreib noch tausendmal „Ich bring mich um"!

▶ ‖ 00:12:24

Wer hat denn da seine Hose zerfetzt?

Ugh ...

Die haben ihn gezwungen, das zu schreiben?

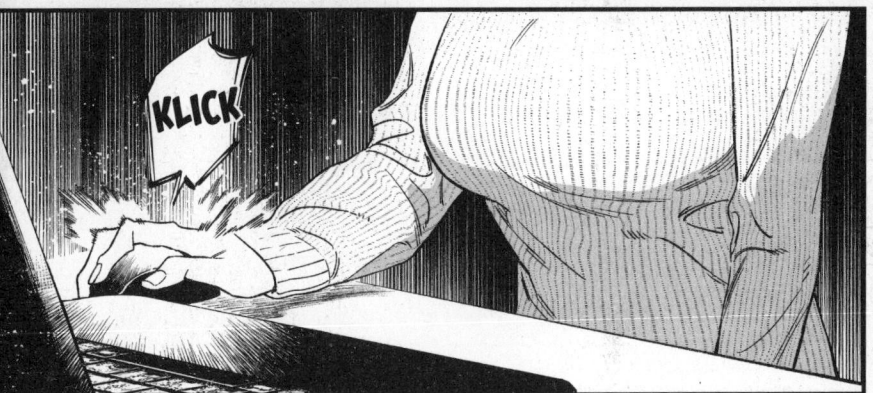

Sie sind

Dämonen.

Tsuyoshi Kumiru Mutta Tsubasa

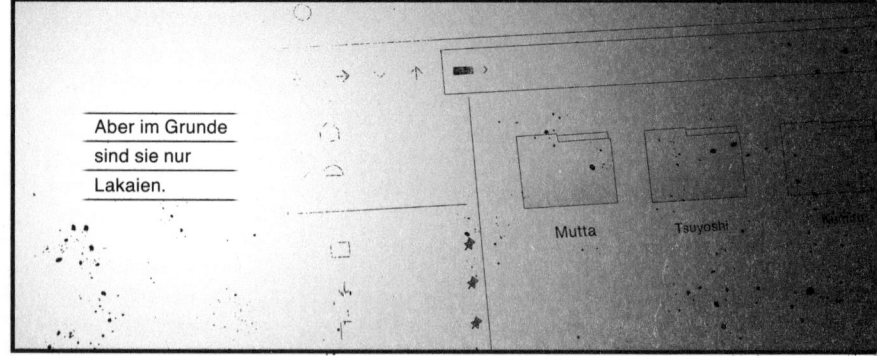

Aber im Grunde
sind sie nur
Lakaien.

Mutta   Tsuyoshi

Nozomu Okaya.

Er ist ihr Anführer.

Ich muss unbedingt
Beweise über ihn sammeln.

Nur Nozomu
fehlt noch.

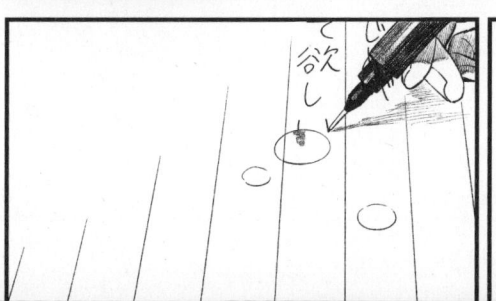

Ich will, dass
dieses Mobbing
endlich aufhört.

Ich will Mama nicht

noch mehr Sorgen

machen.

Irgendwann werde ich mich rächen.

So viel ist sicher.

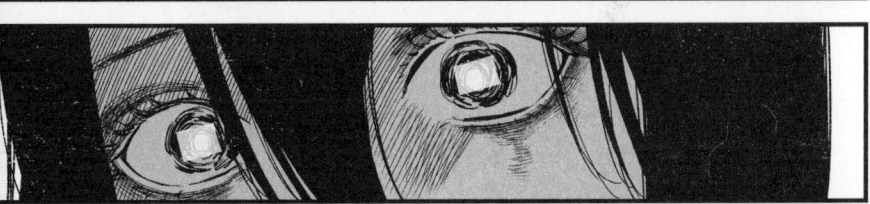

2 Jahre später

Echt ?!

Sie soll im Ausland gelebt haben.

Ja! Die ist übelst hübsch, oder?

聖春学園

Hey, habt ihr schon die neue Krankenschwester gesehen?

Bei ihrer Vorgängerin wär das unmöglich gewesen!

Aber sie hat mit mir direkt über meine Beziehungsprobleme gesprochen!

Erst dachte ich, ich kann sie nicht leiden ...

... weil alle Jungs auf sie abfahren.

Total! Deswegen nennt man sie ja auch ...

Klingt wie 'ne Heilige, oder?

... und bringt sie dazu, wenigstens ins Krankenzimmer zu kommen.

Angeblich besucht sie sogar Schulschwänzer, die sich von ihren Lehrern nichts mehr sagen lassen ...

Frau Maria, ist es schlimm, als Oberschülerin noch Jungfrau zu sein?!

Oh!

Was?!

#2 Die Heilige Maria des Krankenzimmers

Mir ist ... so heiß ...

Schwester, mir geht's nicht gut.

RATTER

Ich kann nur mit Ihnen über so was reden.

Was fragst du mich denn für Sachen?!

TATSCH

BADOMM

Lass mal sehen.

Die muss warten.

Und was ist mit meiner Frage?

Du glühst ja richtig. Willst du dich hinlegen?

Haben Sie kurz Zeit, Frau Akeboshi?

Oh, Gott! Nozomu?

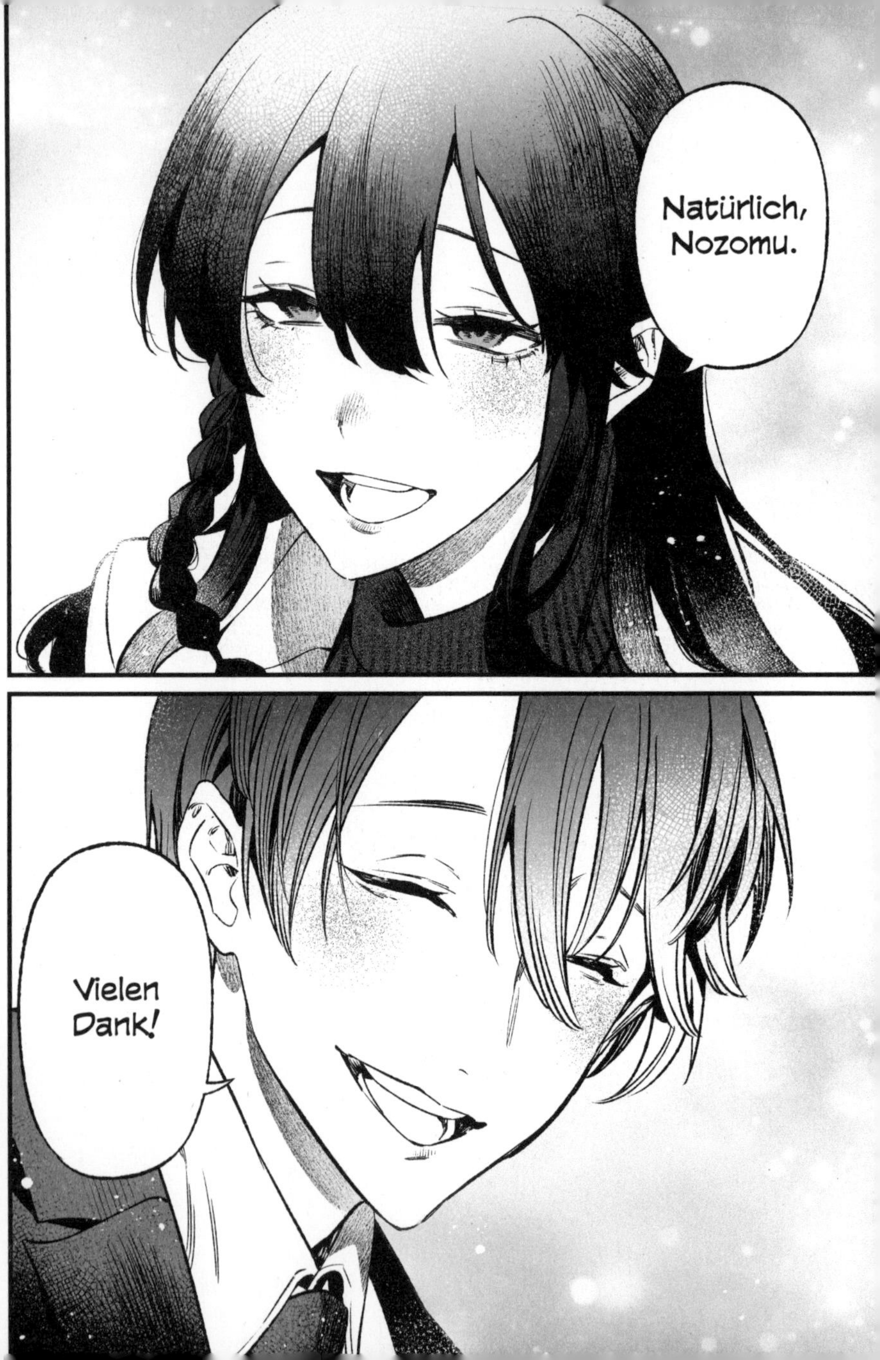
Natürlich, Nozomu.
Vielen Dank!

Äh, soll
ich raus-
gehen?

Nicht
nötig,
ist keine
große
Sache.

Also
...

Worum
geht's?

Ah!

POCH

Oh,
okay!

Kleb es doch direkt an die Tür, dann sieht man es besser.

Das ist nett, danke.

Wirklich bewundernswert, wie du dich ...

... für die Schule engagierst.

Ach, mir macht das Spaß ...

Nicht nur das ...

Die Schulkrankenschwester ist immer bestens informiert.

Vor zwei Jahren begann alles mit dem Mord an „Mari Nagare".

Ich ließ mich scheiden und kappte alle Verbindungen zu meiner Arbeit und meinen Freunden.

離婚届

Ich veränderte mein Aussehen mithilfe schönheitschirurgischer Eingriffe am ganzen Körper.

Ich nahm meinen Geburtsnamen „Maria Akeboshi" wieder an.

履歴書

明星 真里亞

Mich in die Schule einzuschleichen, war ein Kinderspiel im Vergleich.

Eine Begabung kommt selten allein.

Fehlt nur noch eure Verurteilung.

FLÜSTER

Wenn du petzt, lad ich alles noch!

Nicht nur das Video aus dem Laden.

Willst du mit zum Krankenzimmer?

Ach du meine Güte!

Yashima musste sich übergeben! Ich wollte sie nur beruhigen.

Du weißt, welches ich meine.

GLTSCH

Gut. Wenn du meinst.

Aber ...

Schon in Ordnung.

Komm nächstes Mal bitte zu mir.

Das Krankenzimmer ist ein Ort für Personen wie dich.

Oh, und noch was.

ZUCK

Ging noch mal gut, oder?

Dein Handy kriegst du nach dem Unterricht wieder, Tsubasa.

Tsk!

Du kennst die Regeln. Ihr dürft eure Handys an der Schule nicht benutzen.

Was? Wie?!

Anonym.s☆s@j

Danke, dass du n
du Angst hast. Ich
dein Freund es ab
manipuliert dich u

Er macht dir ein s
und behauptet, im
Verantwortung üb

Wenn du trotzde
zusammen se

Von: Anonym.s☆s@g
An: mich

Sehr geehrte Frau Akeb
entschuldigen Sie bitte

Mein Freund weigert s
Kondom zu benutzen.

Und wenn ich sage, d
will, kriegt er schlecht
nicht, was ich tun soll.

Puh ...

力
KLICK

チッ

Also
dann.

TIPP

TIPP

PLING

TMPP

2. Stufe,
C-Klasse,
Nr. 5:
Tsubasa
Kowase.

Er hat es
auf unter-
würfige
Mädchen
abgesehen,
bei denen
er keine Gegen-
wehr zu
befürchten
hat.

Mehrere
kleine
Delikte,
erpresst
andere mit
expliziten
Aufnahmen.

Ein scheußlicher und genauso feiger Dämon.

Nhhhhg!

PSCHR

Los, Ya-shima! Ich will dich stöhnen hören!

Oder soll ich das Video von deinem Ladendiebstahl leaken?!

Mein
Kiri.

Erhebung April 2022

Schüler	Name	**Tsubasa Kowase**	Geschlecht Ⓜ W

Geb. 16.6.2005

Adresse 〒 ☎

Familie	Name	Verwandtschaftsgrad	Anmerkung	Jahr / Klasse / Nr.
	Akira Kowase	Vater	Angestellter, gehorsam gegenüber Vorgesetzten	1-C, Nr. 8
	Hikaru Kowase	Mutter	Arbeitet in Teilzeit als Reinigungskraft, gehorsam gegenüber ihrem Mann	2-C, Nr. 5

Anmerkung

Hobbies: heimliche Aufnahmen, Handel mit Sammelkarten
Gut in den Fächern: Mathe, Gesundheitserziehung (nur schriftlich)
Mag: Nozomu Okaya   Hasst: Kumiru Shikimi
Karrierewunsch: bei einer der Firmen der Okayas angestellt sein

KNIPS

Wer war das?

#3

Hah!

Hah!

~ZUCK~

?!

Die fallen bestimmt bald ab, ich mach lieber auch Bilder!

Wow! Wie die blühen!

Cheese!

KNIPS

Wer ...

Wer hat mir diese Videos geschickt?

#3 Die Heilige Maria sieht alles

Gestern hab ich zwei Videos bekommen.

Eins von meiner gehackten Handyka-mera, das mich beim Wichsen zeigt.

Und eins von Nagare, das eigentlich vor zwei Jahren gelöscht hatte.

FAPP

Halte 3 Millionen Yen bereit, wenn du nicht willst, dass die Videos im Netz landen.

Ich werde er-presst.

Aber wenn ich nicht bezahle, dann ...

Die meisten meiner Einnahmen hab ich längst auf den Kopf gehauen!

So viel Kohle kann ich niemals auftreiben!

... bin ich gefickt für den Rest meines Lebens!

Die Kirschblüten hier sind auch mega!

Gute Idee! Ich warte am Tor auf dich.

Gehen wir nach der Schule zocken?

KNIPS

KNIPS

KNIPS

Und nicht nur das ...

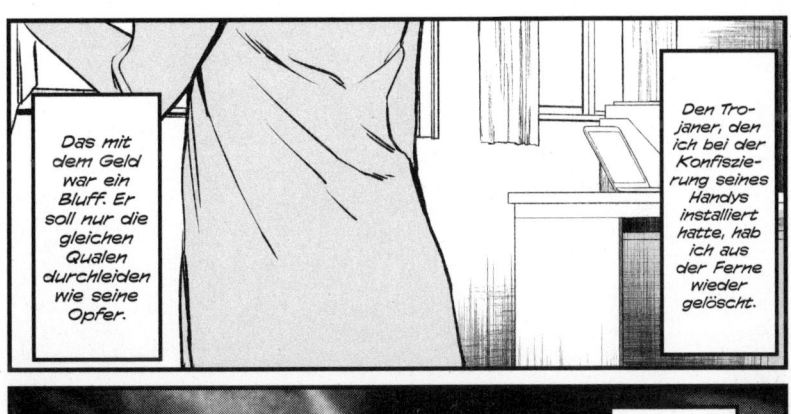

Das mit dem Geld war ein Bluff. Er soll nur die gleichen Qualen durchleiden wie seine Opfer.

Den Trojaner, den ich bei der Konfiszierung seines Handys installiert hatte, hab ich aus der Ferne wieder gelöscht.

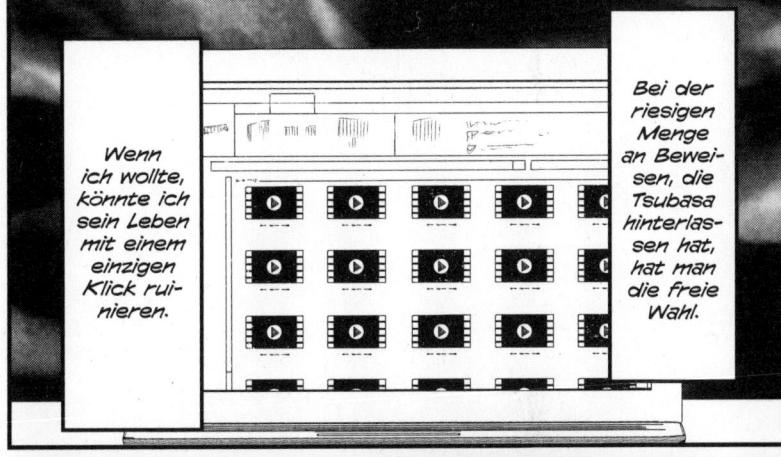

Wenn ich wollte, könnte ich sein Leben mit einem einzigen Klick ruinieren.

Bei der riesigen Menge an Beweisen, die Tsubasa hinterlassen hat, hat man die freie Wahl.

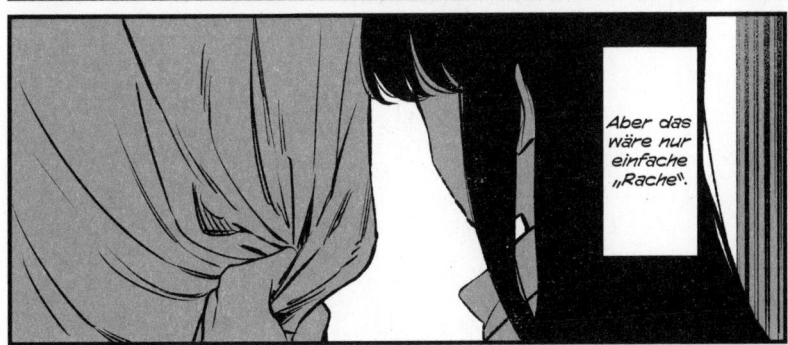

Aber das wäre nur einfache „Rache".

117

Die Verurteilung hingegen fängt gerade erst an.

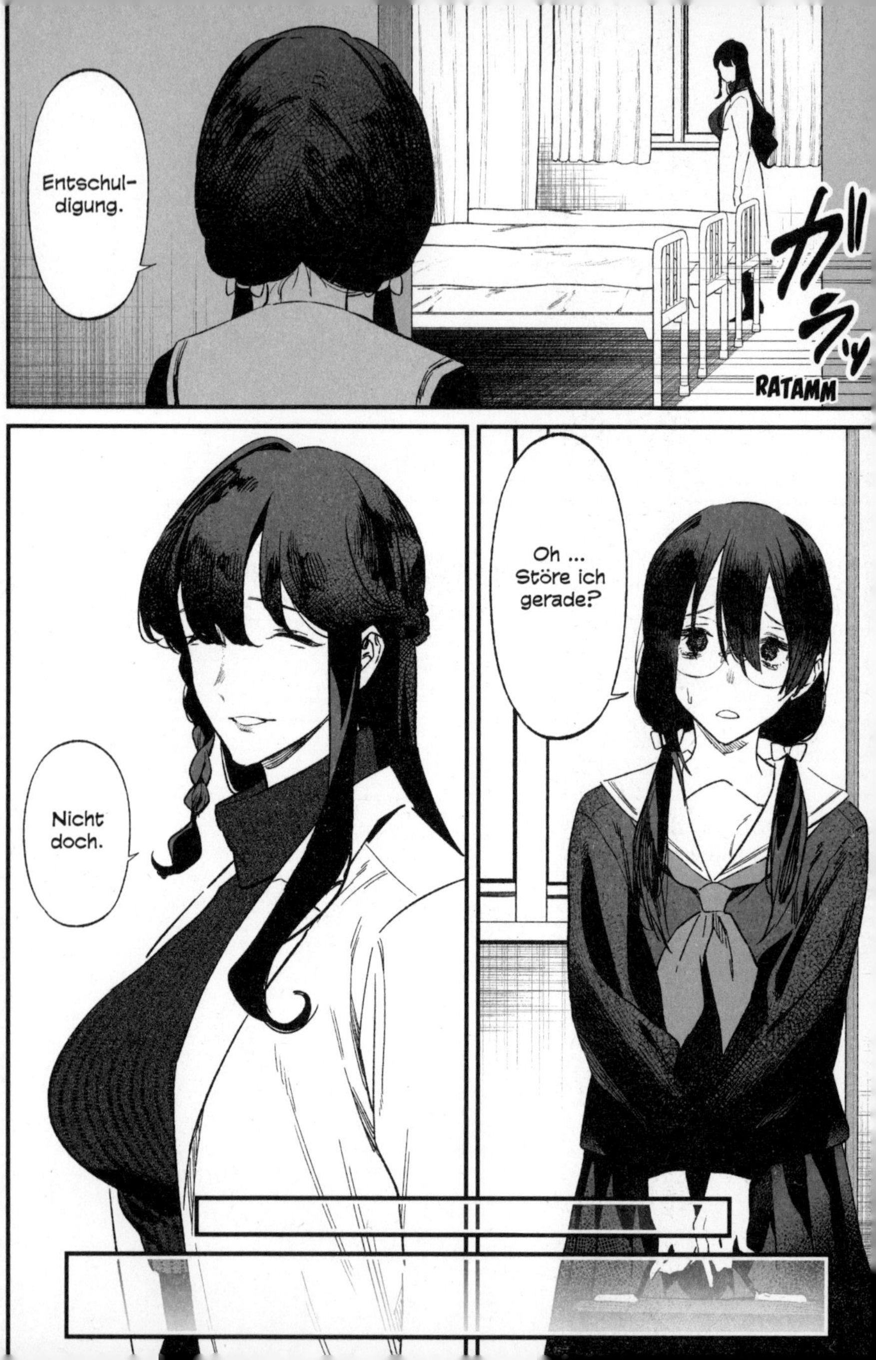

ガラッ
RATAMM
Entschul-digung.
Oh ... Störe ich gerade?
Nicht doch.

Ist es okay so? Ist das Kissen bequem?

Ja, danke.

Oh, sogar das wissen Sie?!

Kinder wie du, ohne einen einzigen Fehltag, neigen leider dazu, sich zu übernehmen.

Klar.

Wenn es zu viel wird, kann sie immer hierher kommen.

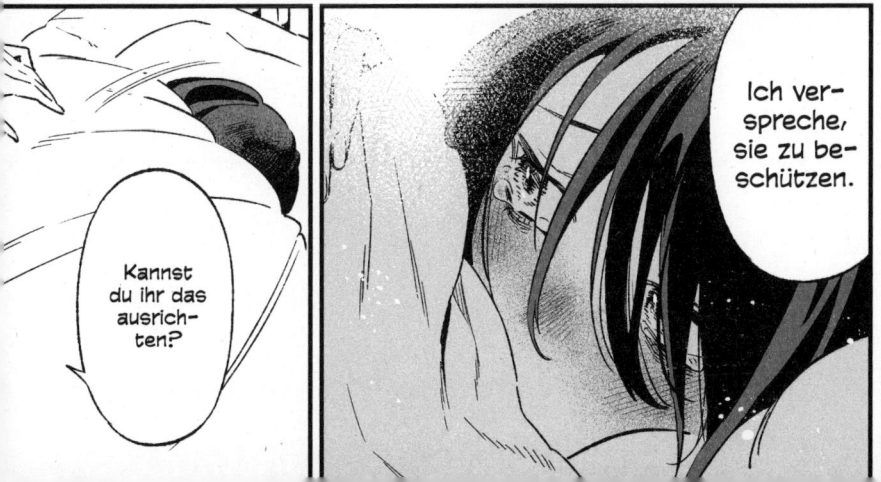

Kannst du ihr das ausrichten?

Ich verspreche, sie zu beschützen.

SWUSCH

Hey?!

Wie kann das sein?

Sonst ist sie vor lauter Angst doch wie versteinert.

Warum rennt sie ausgerechnet heute davon?

Was zur Hölle?!

Kowase

PLOSCH

ザブァッ

PLISCH

ザパッ

PLISCH

ザパッ

Verfickt noch mal!

Hey!

Aber dir noch länger ausgeliefert zu sein, macht mir noch mehr Angst!
Bitte, Tsuba-sa!
Verschwin-de endlich aus meinem Leben!

Uh
....

Hä?
Bin ich
wegge-
pennt?

Haha,
das
muss
es
sein.

Yashima
würde
sich
niemals
wehren.

Und Frau
Maria wür-
de niemals
so gruselig
schauen ...

KLIMPER

Was machen Sie hier ...?

#4 Offenbare deine Sünden

Irgendjemand hat Sie hierzu überredet!

Sie sind echt nett, aber Sie müssen ja nicht alles mitmachen!

Oh, das ist ein Scherz, stimmt's?

Fuck.

Das ist
es nicht.

Sie meint es ernst.
Wa... Warum?
Als Strafe.
Wofür?
Du hast anderen etwas Kostbares genommen.
Dafür ...

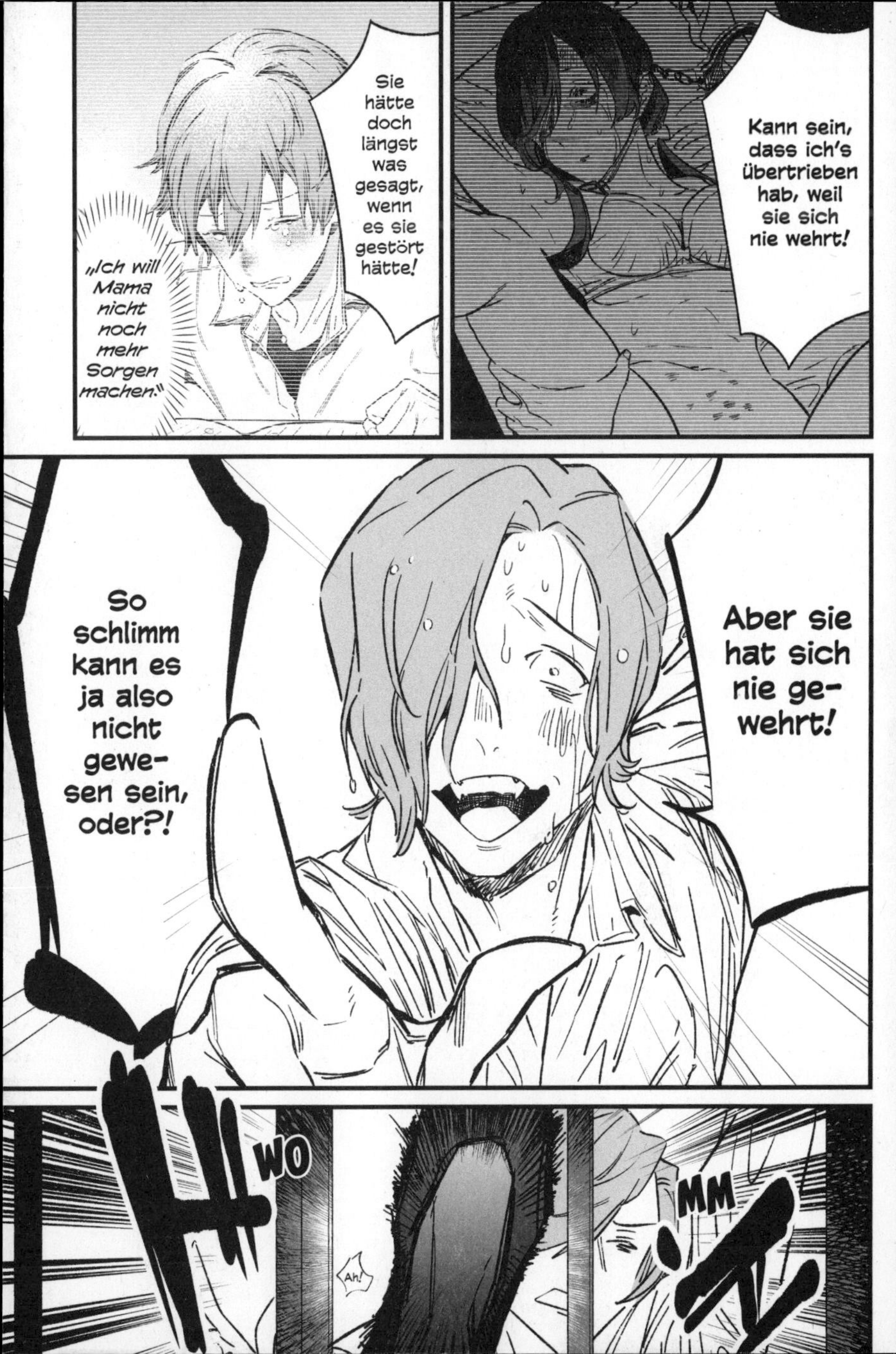

Kann sein, dass ich's übertrieben hab, weil sie sich nie wehrt!
Sie hätte doch längst was gesagt, wenn es sie gestört hätte!
„Ich will Mama nicht noch mehr Sorgen machen."
Aber sie hat sich nie gewehrt!
So schlimm kann es ja also nicht gewesen sein, oder?!
MM
Ah!
WO

Die größte deiner Sünden ...

Die Zahl, die für diese Sünde steht, wird das Schloss öffnen.

Und wenn du zu dumm bist ...

Über die Öffnung kannst du entkommen.

... dann vergieße zur Wiedergutmachung dein eigenes Blut.

KLANK

Scheiße, nicht mit mir!

Die lässt mir doch eh keine Wahl!

KLANK'

HASP

Die
Sex-Vi-
deos?

Was
meint sie
überhaupt
mit meiner
größten
Sünde?!

Erpres-
sung?

Und
welche
Scheiß-
nummer
soll das
sein?!

ooo
...

0001!
0002
...!

Ich pro-
bier erst
mal alle
durch!

Was, schon bis zur Hüfte?!

Scheiße, so viel Zeit hab ich nicht!

SPLASCH

Es tut mir leid, Frau Maria!

Bitte tun Sie das nicht! Ich bereue es wirklich von Herzen!

WUBB

Ugh ...!

Wie
kaltblütig ...

Das hab
ich nicht
verdient
...

Das
ist nicht
fair ...!

SCHNIEF

Helft
mir doch,
Leute!

Wir
wollten
doch ...

... noch so
viel Spaß
zusammen
haben!

HASP
Woher weiß diese Hexe von Nagare?!
Ich muss hier sofort raus!
Mit der Bitch werde ich locker fertig, wenn ich erst mal frei bin!
Der Todestag von Nagare ...!

Hättest du Lappen nicht an 'nem verfickten Feiertag oder so krepieren können?!

G r i c k!

BWAH!

RT
SCH
Mgh!
Ich ...
... werd ...
... den Teufel tun und hier krepieren! Elende Fotze!

Scheiße, sind die Knochen hart!

Hlpp!

ゴ RT

キッ SCH

KRITT ビ

Zer-brecht!

Brecht endlich!

Los!

Nicht das Scheiß-messer!

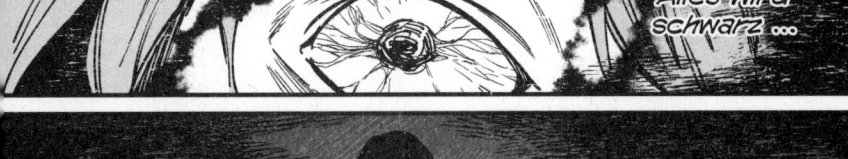

Alles wird schwarz...

Ah ...

Der Teufel...

Deine
größte
Sünde war
es nicht,
dass du
Kiritaka in
den Tod
getrieben
hast.

SCHÜLERAUSWEIS

Saint-Spring-Oberschule

Name: Tsubasa Kowase
Schülernummer: 2021A013
Geburtsdatum: 30.6.2005
Ausgestellt am: 2.4.2021
Gültig bis: 31.3.2024

Sondern dass du geboren wurdest.

Echt?! Vielleicht findet man ja online was dazu?

Bei ihm war die Polizei zu Hause.

Wo Tsubasa wohl steckt? Ich hab ihn schon seit zwei Wochen nicht mehr gesehen.

Tsubasa

Heute

Keine Antwort

9:32

Keine Antwort

10:35

Keine Antwort

11:31

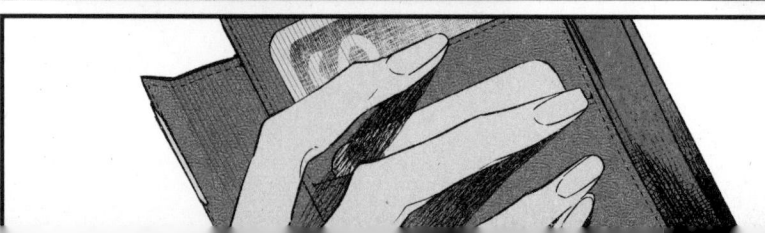

FWPP
...

Bist du
Nozomu
Okaya?

Ich würde gerne mit dir über das Verschwinden von Tsubasa Kowase reden.

Ich bin Taiichiro Nagare von der Abteilung für öffentliche Sicherheit.

Maria's Judgement 1 - Ende

Maria's Judgement

11.11....

Ich verwöhn dich!

Wie umgehen mit dem Kleinen?

Maria's Judgement

Story: Kazuki, Zeichnungen: Junto Kamejima
Assistenz: Manya Nazumiuchi
Redaktion: Yuya Mizukoshi

Für alle, die den Manga zu
„The Ryuo's Work Is Never Done!"
und
„Kohai Kowate sagt einmal täglich,
dass er mich liebt"
gelesen haben: lang ist's her! Hier spricht Kazuki.

Maria konnte ich mir glaube ich nur deshalb so gut
ausdenken, weil ich selbst schon viel miterlebt habe.

Danke an Kamejima, der seine erste
Manga-Veröffentlichung feiert!

Und an Mizukoshi aus der Redaktion
mit dem meisten Mumm, der mir
in 28 Jahren begegnet ist!

Und natürlich an alle, die diesen
Manga lesen! Ich hoffe, wir
haben noch lange miteinander
zu tun! Ich nehme alle
Erfahrungspunkte an!

Kazuki

TSCHUP
TSCHUP

Meine allererste
Serienveröffentlichung
überhaupt! Und meine
allererste Veröffentlichung
in Buchform! So unzulänglich
ich mir auch vorkomme, mit
der Unterstützung zahlreicher
lieber Menschen hat mein
Werk Form angenommen! Dafür
sage ich Danke!!!!!! Ich stehe
noch ganz am Anfang meiner
Reise und freue mich riesig,
wenn ihr weiterhin dabei seid!
Junto Kamejima

SUTOPPU!

Koko wa kono manga no owari dayo.
Hantaigawa kara yomihajimete ne!
Dewa omatase shimashita!
Tanoshii hitotoki wo dozo!

Egmont-Manga-Chiimu

STOPP!

Das ist der Schluss des Mangas.
Fangt bitte am anderen Ende an!
Und nun genug der Vorrede,
viel Spaß beim Lesen!

Euer Egmont-Manga-Team

www.egmont-manga.de
Unsere Bücher findest du im
Buch- und Fachhandel und auf

www.egmont-shop.de

„Maria's Judgement" 01 von Kazuki & Junto Kamejima
Aus dem Japanischen von Gandalf Bartholomäus

Originalausgabe:
MARIA NO DANZAI © 2023 by Kazuki, Junto Kamejima
All rights reserved.
First published in Japan in 2023 by SHUEISHA Inc.,
Tokyo.
German translation rights in Germany,
Austria and German-speaking Switzerland
arranged by SHUEISHA Inc.
through VME PLB SAS, France.

Deutschsprachige Ausgabe erschienen bei:
Egmont Manga verlegt durch
Egmont Verlagsgesellschaften mbH,
Ritterstr. 26, 10969 Berlin
safety@egmont.de

3. Auflage 2025
Verantwortlicher Redakteur: Marco Walz
Gestaltung: Laura Bartels
Koordination: Angelika Schönhuber
Printed in the EU
ISBN 978-3-7555-0405-4

story house
EGMONT

Die Egmont Verlagsgesellschaften gehören als Teil der Egmont-Gruppe zur
Egmont Foundation - einer gemeinnützigen Stiftung, deren Ziel es ist, die sozialen,
kulturellen und gesundheitlichen Lebensumstände von Kindern und Jugendlichen zu
verbessern. Weitere ausführliche Informationen zur Egmont Foundation unter
www.egmont.com